中国书画家诗词丛书

光朗堂诗草

尤无曲 著

荣宝斋出版社 北京

尤无曲（1910—2006）江苏南通人。名其侃，号陶风，字无曲。晚年自署钝翁、钝老人，以字行。斋号有古素室、后素斋、光朗堂等。尤无曲诗、书、画、印兼善，且精通园艺。五岁习画，1929年秋考入上海美术专科学校，1930年为追随黄宾虹、郑午昌诸先生转入中国文艺学院，同年加入蜜蜂画社。1940年拜京派领袖陈半丁为师，1941年冬在京举办个展，得齐白石赞许，1943年齐白石为他亲订润例。1952年归隐故乡南通，沉潜磨砺画艺几十载。1956年山水画入选第二届全国国画展览会。1978年在改革开放的新历史时期，尤无曲奇迹般地焕发出艺术的青春，三上黄山，古稀变法，突破前贤，创泼写结合的新画法。1999年创立"笔墨水融"说，在21世纪到来之际，将中国画用水的理论和实践发展到一个空前的高度，对21世纪中国画的发展和走向产生了不可估量的影响。

2005年央视《人物》栏目播放大型纪录片《水墨大师——尤无曲》。著有《尤无曲泼墨山水技法》《尤无曲花卉清供技法》《尤无曲画松技法》《荣宝斋画谱·180·尤无曲绘山水部分》《荣宝斋画谱·219·尤无曲绘松部分》《荣宝斋画谱·220·尤无曲绘黄山写生部分》《尤无曲画集》《尤无曲印谱》《光朗堂话语录》等。

2006年荣宝斋出版社出版的《尤无曲画集》，展示了尤无曲长达92年艺术创作的代表作，堪称人类文明史上空前的奇迹。2019年吉林人民出版社出版《尤无曲年谱》。作品被故宫博物院、国家博物馆等收藏。

山高逍遙
水細溁流長

关于光朗堂诗草

尤无曲

　　我不是一个诗人，但从小爱诗，也写一些，都是有感而发，出于内心。尤其对人生感情和画理画法的体悟往往写在诗中。这次我将所写的诗粗略地汇在一起。由于一些诗的写作时间没有精确记录，一时难以查证，所以一律未注写诗的日期。这些诗大多数曾以《后素斋诗草(稿)》的名义刊印过，这次在本画册中正式发表，我考虑再三，因83岁肾切除手术前梦见一长者，指明"光朗"后，即将"后素斋"更名为"光朗堂"，所以这次将拙诗冠名"光朗堂诗草"发表。

——选自《尤无曲画集》编后语

序

赵 鹏

　　年初尤灿兄见告，说他准备为祖父尤无曲先生编一本诗选，并且将选配一些画作，采取一个诗画对读的形式。我觉得这个做法特别合适，因为以我所知，尤老的绝大多数诗作，都是为他的画而写的，诗与画本就有着紧密的关联，能够让读者诗画配合着读，效果肯定会更好。

　　我曾经把尤老那些涉画诗分作画境和画理两大类，认为画境诗侧重于画的内容，是画图的构想、记述或由此的引申。这类诗如作于未画之先，可视为画之粉本；如在既画以后，则成为画之诠解。这当然还是就诗的表面立说的，而骨子里的，还蕴含着作者对世间事物的憧憬和扬弃。至于画理，则就创作而言，是创作感受、经验的凝结。这类诗，如果同道能够悉心玩索，无疑会有所启悟，甚或报之以会心的一笑。由此来看，尤老的诗与他的画也就显得密迩难分。

　　灿兄对这诗集的编著工作做得很认真，我从他时常为文字处理等问题来讨论，就能感觉得到。当年张孝若为父亲张謇写传记，曾被胡适夸之为"爱的工作"，如今灿兄为祖父编诗集，这个词儿同样可以套用。

现在这份"爱的工作"即将完成，灿兄执意要我给写个序言，并说我早就写过相关的介绍文章，情况熟悉。其实当年南通书画院为尤老编印"画家丛集"的专集，尤老转托我来为他的诗写评介，那时我就表示过两点："一来，作为后生小子，对一位蔼然长者妄自饶舌，已涉不恭；再则，我虽偶喜吟诵，但绝非评论家，缺少那份品藻优劣、权衡得失的本钱。"这种想法至今未变，之所以那时能写，更多是想表达我初次接读尤老诗作的那份新奇。到了这回写，认识和水平都没能提高，实在是不想有拂灿兄的那份恳切。

我判断尤老对于自己的诗作，原本应是有意"藏拙"的。那时地方上也活跃着一些诗人群体，但这些人好像都不知尤老能诗，而尤老也从不与他们有诗歌唱和，甚至他的那些题画诗，也很少写在赠送别人的作品之上。要不是书画院为他出专集，提出了一些要求，估计他不会把那些零散的诗稿公之于人。

尤老对于诗作的"藏拙"，我猜想是他自己也认为，在作诗方面并没有投入太多的精力，远不及他对绘画那样的全力以之。其实他受有良好的家学熏陶，有着比较坚实的"幼功"，我们在他早期咏山水风光的作品上可以感受得到。只不过把绘画作为自己最大爱好后，写诗就置于从属地位了。

尤老的诗很容易读，这因为其最大的特点是不事雕琢，不刻意求工，遣词造句又明白如话，既无冷字僻典，又不装腔作势，而且多用五七言绝句，显得短小自如。至于所咏题材，如前所言，绝大多数与绘画相关，此外则是一些日常起居的即兴之作，这些诗都从自身所处的实境中来，故而表达的情感也特别真实，最能反映他随遇而安、恬然自适的心态。这些诗虽然远不是"重大题材"，可最起码我还颇喜欢读。可能是冲着那份真实和自然吧，读着往往感到他就活现在眼前。

有一首属于特例的诗，应该专门提一下。那是某年夏季江淮一带暴雨成灾，尤老画了一块巨石，以画家的身份，表示愿为抗灾塞漏尽一份力。诗即为此画而题："长江满，太湖溢，暴雨成灾，亿万人民不安逸。倾盆不见停，更有汛来临，急需土石包，防漏更塞裂。愧我力违心，写出巨块聊作补残缺。"

诗中流露着他对患情的焦虑和对灾民的隐忧，而这种内容在他诗作中则绝少一见。虽属偶露鳞爪，借此却又让我们知晓，他在潜心作画的同时，也是关注着时事的。

另外还有一点想说的，即传统诗作里那些"叹老嗟卑""伤今怀古"之类的常态情绪，在尤老的诗里丝毫也看不到。他的诗中没有穷愁困苦、牢骚埋怨，有的都是健康与阳光。这是他生活态度在诗作里的自然流露，表现的是他对艺术和生命的享受，也是他乐天知命的旷达，更是一股旺盛的生命气息。我认为读他的诗，这一点最不能被忽略。

尤老的题画诗里，时常出现"天真"和"自然"这两个词，说明他对此的看重。我觉得这不仅是他对绘画的要求，写诗亦然，甚至立身处世，他也如此要求。由此想到他的高寿，也应该与这种生活态度有关系。记得同乡前辈学者徐益修先生著《文谈》，曾有一节专论人的境遇及寿命与文学的关系，其中结论性地讲道："要之，治古文者必寡嗜欲，淡名利，和平其气，磊落其心。不以富贵动其心，不以潦倒伤其天。于人世毁誉得失，与夫匹夫匹妇嫉妒怨毒之私，皆破除一切。然后足以优游天年，尽万事万物之情而造乎其极。故文以寿之修而愈工，寿亦以文之至而愈永。"这是论述古文创作，而以我看来，写诗作画，乃至立身处世，应该都同此理。

　　谈尤老的诗，忽然想到这一层，又觉循此写下去，离题就越来越远了，还是趁此打住吧。

甲辰处暑初过

赵鹏谨序于后因树斋

目 录

爱写丹青结素志

独来习静万山中
137cm×45cm
纸本设色
1929年

题 画

利锁名缰洒脱空，独来习静万山中。
鸢飞鱼跃寻常事，悟到天机便不同。

1929年

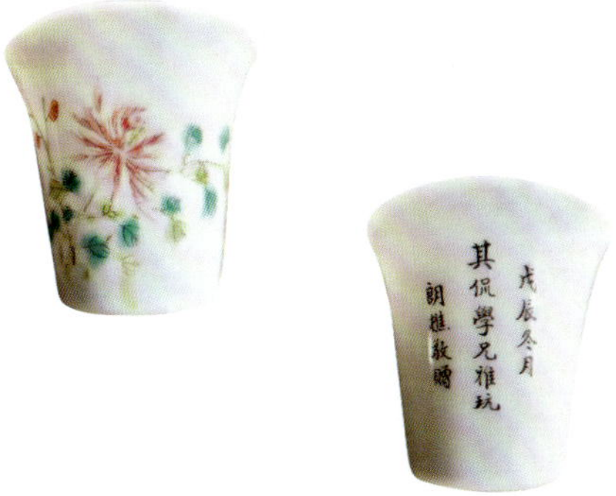

注：此画是尤无曲20岁时用陈师曾笔意，为好友朗樵所绘。画上的诗是目前发现尤无曲最早的一首诗。

上图晶莹剔透的手绘花卉杯瓷杯是朗樵为尤无曲定制的。一诗一画一杯，可见那时少年人的友谊和风雅。

己巳九月廿六先母讳
暂远衡岳远旦耕不宁
寀乃瑶草凌波赋就至
父视人母讳总目不嫌越
张况日为作菜养嫌合作
西湖冬语暖咙乾如有母
念行丁在越刊斯夕慨有心
合至作为远有母静有心
留余年题和泣永诗身愿
其佩记

母子情深
137cm × 45cm
纸本设色
1929年

有　感

人生只有儿童好，世事如麻逐岁加。
安得此生无俗累，缘联书画酒棋花。

1932年

题　画

行过板桥来，一步一局促。
莫怪路崎岖，自须防失足。

1932年

注：这两首诗是尤无曲23岁那年所写。诗言志，从尤无
曲后来到97岁的经历看，他最后实现了年轻时"缘联书画酒棋
花"的理想。老师陈半丁为尤无曲刻的"缘联书画酒棋花"
印，是尤无曲常用印。

除夕山家無多事挿了梅花便過年

甲戌除夕橙下戲仿
文衡山筆 元曲作于古黛室

插了梅花便过年
92cm×30.5cm
纸本设色
1935年

无曲自题临安游迹十首（并引）

　　湖山揽胜，翰墨随缘。浮八月之吟槎，选六桥之画本。空蒙潋滟，嫩晴乍雨之天（游山五日，天半阴晴，山色湖光，瞬息变态。自觉挥毫落纸，未能竟其万一也）；粉本丹青，浓抹淡妆之趣。敢诩解衣般礴，比嘉陵供奉之图；为思展卷摩挲，留衡岳卧游之迹。爰成十幅，咏此秋光，各系一诗，贾余馀勇。

理安寺

　　　　密密楠林矮矮山，山蹊远上白云弯。
　　　　萧然古刹无鱼呗，我亦心闲欲闭关。

　　　　　　　　　　　　　　　　　　1934年

龙井寺望宝石山

　　　　长松阴落觉清凉，小路吟哦意欲狂。
　　　　才及半山遥纵目，西湖烟水接微茫。

　　　　　　　　　　　　　　　　　　1934年

寂寥心境清
30cm×22cm
纸本设色
1936年

吸江亭

坐吸江亭半倚栏，钱塘远水界烟峦。

不知何日重游去，画合青山一样看。

1934年

西子湖畔

（一）

踏遍杭州雨遍随，游怀能得几娱嬉。

归来着墨轻敷晕，又似湖山欲雨时。

1934年

（二）

独立湖滨入望赊，山光一片隐残霞。

却嫌柳岸芦汀外，半是柔波半是沙。（是年旱见湖底）

1934年

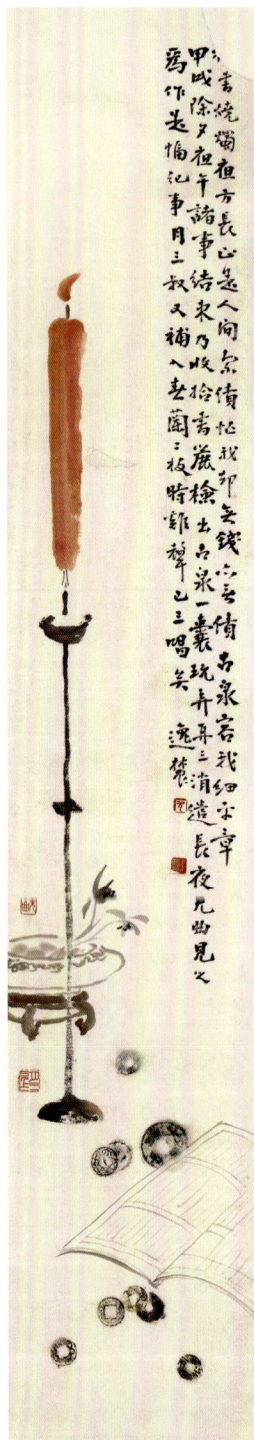

有诗情画意的日子
128cm×22cm
纸本设色
1934年

李公祠望北山一带

叠翠澄秋照眼明，山容对我自生情。
阴晴消息云岚改，雨后搜罗一片清。

1934年

烟霞道中

丈六金身尺五天，石龛罨罩树回旋。
余心原有逃禅意，且借丹青结佛缘。

1934年

翁家山麓

满前画稿不胜收，半写山容半写秋。
我为洞天留蜕迹，好教展卷作重游。

1934年

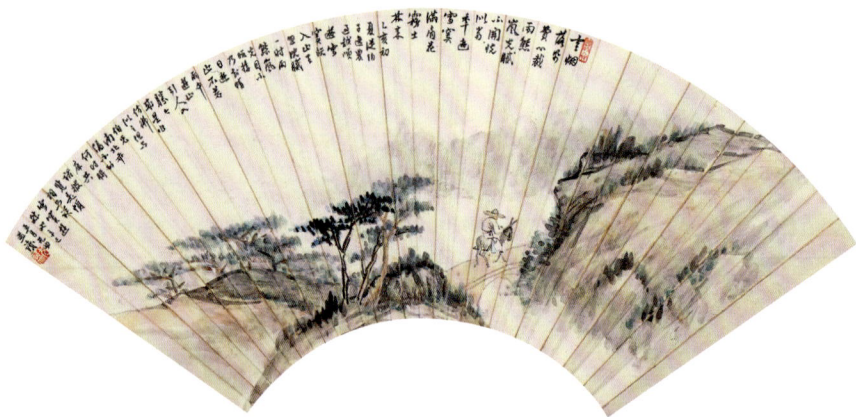

雪窦纪游
18.5cm×52cm
纸本设色
1941年

李公祠西

千丛林木各成堆，七月残荷处处开。
摩诘诗情兼画意，一齐都到尺笺来。

1934年

韬光道中

几椽茅屋绕丛篁，雨过重山拭碧苍。
画里闲情仙境界，人间固自亦寻常。

1934年

由杨梅岭到龙井后山沿途开满桂花香闻数里

平冈曲折复绵长，负杖何须学楚狂。
十里浓香飞不断，满山处处是丹黄。

1934年

新月如我意两峰携柳行　　
蜿蜒古槎景拆作行　　
画阁下聚又桥边渡陽水景增趣
登江常清采眼俗　　景浔时能过眼如走马又久满
遊舫畫寮歸鬓人前度劉御也　古沙坡景拆作　
　　光甲翰平古壹堂

月下思
63.5cm×23.5cm
纸本设色
1936年

月下思

新月知我意，与我共徘徊。
行行尽闹市，举足桥之隈。
隔水暮烟起，岸头迷古槐。
古沙风景好，取作画中材。
当时无究心，遇眼如走马。
久而偶念之，萦情弗能舍。
闷雨空客窗，泼墨云烟写。
拈毫拂素时，恍是重游者。
画里髯鬖人，前度刘郎也。

1936年

注：这是尤无曲对原配妻子黄慕玉诉说衷肠的诗画。诗中尤无曲将黄慕玉比作仙女，他以林中遇仙女的刘郎自许。画中一长衫青年男子徘徊月下的桥头，风吹发乱，星月夜立，一钩新月悬在空中，月下的人似在期盼，又似在思念。淡淡的月光洒在画上，月色中弥漫着似水柔情……

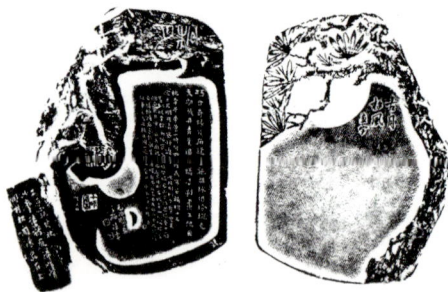

松月砚
尤无曲画　尤其伟刻
陈半丁　严惠宇　秦曼青　王个簃题

题松月砚

巧合奇缘片石逢，重施雕琢倍玲珑。
老天助我丹青业，似亦怜才到画工。

1940年6月

步尤其伟原韵

一床明月一瓶梅，书味盈盈短梦回。
更得南窗安此砚，寒香清韵一齐来。

1940年5月

注：松月砚，尤无曲得于上海。原砚上刻树本系双果，略似桃李，刻刀简陋。尤无曲请大哥尤其伟改刻，将砚池凿为月形，易桃李为松枞，枝叶交错，极饶画意。改刻后尤无曲赋诗："巧合奇缘片石逢，重施雕琢倍玲珑。老天助我丹青业，似亦怜才到画工。"尤其伟刻砚跋并诗："桃李芬华仅一时，何如改作岁寒姿。鳞柯十丈阴千尺，明月清风好护持。"又请陈半丁题"无曲制画之砚"，严惠宇题"古月松风"四字于砚面，一以识所用，一以阐其趣。越旬日，秦曼青于砚侧题："明月松间，清泉石上。"再请王个簃题"松月"二字，作砚名。此砚虽小，集六人之精神，不可多得，堪为宝贵。

陶风

边款：雨喷轻尘似有无，含烟草木晚
模糊。遥看一带宫墙上，剩有凄凉殿
角乌。辛巳春刻此，适岁即景绝句，
因录之。时客古都。无曲并记。

初春即景

雨喷轻尘似有无，含烟草木晚模糊。
遥看一带宫墙上，剩有凄凉殿角乌。

1941年

除　夕

楼头寂寂独飞舻，万里乡心系客情。
也在灯前循俗例，闲翻画本到天明。

1941年1月

注：这两首诗倾注着尤无曲的乡愁和忧伤。山河破碎的
年代，尤无曲负笈北上，如饥似渴地随京派画坛领袖陈半丁学
画。老师的倾心相授，温暖着尤无曲心中的悲伤，立志传承中
国绘画的信念，支撑着尤无曲在北平的日常。

平林莽莽郁寒烟
陈半丁题
83.5cm × 42cm
纸本设色
1942年

题　画

　　平林莽莽郁寒烟，旅客魂惊古戍边。
　　况是西风黄叶里，蛮雅揉碎夕阳天。

1941年夏

题　画

　　云烟落纸费心裁，雨态岚光腻不开。
　　恍似当年游雪窦，满肩花雾出林来。

1941年夏

　　注：这两首诗是尤无曲北平学画时所作。那时他每周去陈半丁家两次，结识了萧谦中、齐白石、蒋兆和、王雪涛等北方画坛名家，还见到过京剧界的梅兰芳、奚啸伯、程砚秋、尚小云、荀慧生等。

策蹇碧山前
秦更年题
61cm×36cm
纸本设色

题　画

策蹇碧山前，昂头看远天。
一声云际雁，秋满暮江边。

1941年

赏心高士意安闲

漫将秃笔写黄山，雾锁云封隐约间。
点缀空山幽绝景，赏心高士意安闲。

1942年春

　　注：左图本无大雁，陈半丁评画时说："这幅画不错，意
境笔墨都好，但有一点不足。"说罢提起笔，笔尖蘸了点墨，
在画上轻轻一点一画，两只大雁跃然画上，与骑在毛驴上侧脸
看天的人呼应。把画家对远方亲人的思念，渴望在天空自由飞
翔的情绪表达了出来。画上的诗尤无曲作，秦更年题。

長吟抱膝遍岩阿　男榻山中飲太和
將去何須人問訊　峋雲和弦揉林
遂一切采仁兄雅正　壬午三月元田並題

独坐何须人问讯
59cm × 25.4cm
纸本设色
1942年

独坐何须人问讯

长吟抱膝遁岩阿，习静山中饮太和。

独坐何须人问讯，岫云初起掠林边。

1942年春

放眼天地宽

秋色横空来，幽栖海之曲。

放眼天地宽，此身如一粟。

1942年夏

注：左图上款人幼泉，应为西泠印社创始人之一的吴隐之子，吴隐是陈半丁的表叔。前一首诗是北平时所作，后一首诗作于上海。

这两首都是颠沛流离中尤无曲孤独心情的写照。客居异乡的尤无曲知道，在时代大潮中，谁都只是沧海一粟，他坦然接受自己面临的一切，他明白唯有放眼天地宽，才能在动荡的年代里生活下去……

鹿门偕隐图
38.5cm×144.5cm
纸本设色
2021年

题鹿门偕隐图

淡泊吾性轻逐鹿，不慕荣利事炎凉。奈何远客千里
外，寂寞生涯索枯肠。年来幸橐生花笔，浪得微名
噪帝乡。

今春四月自北返，草满青山日渐长。曾几何时又黄
落，荏苒不知驹隙光。办严重复古都去，遥隔寒江
辞高堂。屈指新婚五十日，鼓我壮怀赖有间。谓从
此生行万里，妙悟六法如探囊。六法既精作归计，
与君偕隐鹿门庄。

卓哉襟抱豪且达，能遂吾愿择行藏。爱写丹青结素
志，拟作他时钓游场。莫笑画饼充饥腹，从来有志
事能偿。

1942年12月

注：此诗是为续弦妻子李昌珮所作。画上的短诗是李昌珮题。

层出不穷
1943年

边款：围炉蓺烛写云烟，笑语清闺喜欲仙。客里关山
三度岁，欢欣年复胜年年。椒花酒盏撤筵前，坐对红
烛语万千。句短吟长忘夜永，挥毫竟夕乐陶然。此两
小诗乃壬午所作除夕日记事之作也。是夕吾与鹿门作
画咏诗，别具一番情况。癸未二月无曲补记。
辛酉元月第二日，无曲自刻。

壬午除夕日记事

是夕吾与鹿门作画咏诗，别具一番情况。

（一）

围炉翦烛写云烟，笑语清闺喜欲仙。

客里关山三度岁，欢欣年复胜年年。

（二）

椒花酒盏撤筵前，坐对红烛语万千。

句短吟长忘夜永，挥毫竟夕乐陶然。

1943年

注：尤无曲和李昌珮结婚后，因岳父去了重庆，李家没成年男丁，尤无曲住到李家，每天写字、画画、刻印，闲了去云起楼小坐。这两方印和边款，记录了动荡的岁月中，时代的角落里，一个中国画家和妻子的相濡以沫。岁月流转，曾经的深情和浪漫仍在世间流传……

好古

边款：养性葆吾真，何须苦辛。浮云千古
慨，短梦百年身。晚岁惊霜鬓，闲愁扰劫
尘。倘无羁绁处，归去侍严亲。"须"下
脱"惮"字。甲申岁暮，无曲。

好　古

养性葆吾真，何须惮苦辛。
浮云千古慨，短梦百年身。
晚岁惊霜鬓，闲愁扰劫尘。
倘无羁绁处，归去侍严亲。

1944年冬

题山水扇面

穷谷有天地，浮云无古今。
扶藜寻石径，更愿入山深。

1944年春

注：这两首诗作于1944年。上一年续弦妻子李昌珮因病离世。自1938年，日军侵占南通后，背井离乡的尤无曲，一直生活在颠沛流离中。第一首诗流露了漂泊他乡的游子，不能陪在父亲身边的无奈和不舍，记录了尤无曲心中对年迈父亲的挚爱。第二首诗，流露的是他对天下太平的向往。时代大潮下，个体脆弱渺小，饱受国破家亡痛苦的尤无曲，只能在画笔下描绘心中的桃花源。八年后，尤无曲从上海回到南通，回到老父亲身边，陪伴着老父亲走完他人生最后的岁月……

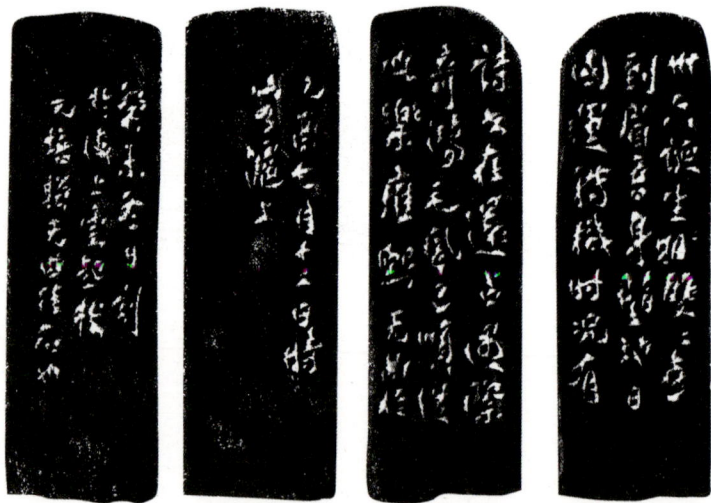

无曲

边款：卅六诞生期，双双喜到眉。吾身坠地日，国运转机时。况有诗文在，还占遇际奇。鸿毛风已顺，从此乐雍熙。无曲于乙酉七月十二日时客沪上。

癸未冬日刻于海上云起楼，元培赠无曲佳石也。

乙酉生日作

无曲于乙酉七月十二日时客沪上。

卅六诞生期，双双喜到眉。
吾身坠地日，国运转机时。
况有诗文在，还占遇际奇。
鸿毛风已顺，从此乐雍熙。

1945年

注：程培玉曾回忆："无曲师八月十五日由收音机听得日本天皇宣布无条件投降消息，大喜，随即以新罗山人的笔法，画苍松一本，石一拳，二长者举杯相庆于松下，一童子坐其侧，亦举杯。另一童子在炉旁。画上题：胜利日，为培玉老弟画。"四天后，尤无曲磨掉一方印，刻无曲二字，边款刻的诗，记录了抗战胜利时，他发自内心的欢欣与喜悦。离家八年了，国家的命运发生了重大的转折，他预感个人的命运也将随之改变，他企望"从此乐雍熙"。把名字刻在石头上，似乎想让双喜的喜气加持自己的气运。

不是春郊不是烟花之出
重上南楼此中自有恰
悄东清望青山满素衣
己巳春月堂世书旧作

自作诗
54cm×31cm
纸本
1989年

树石丹青集此身

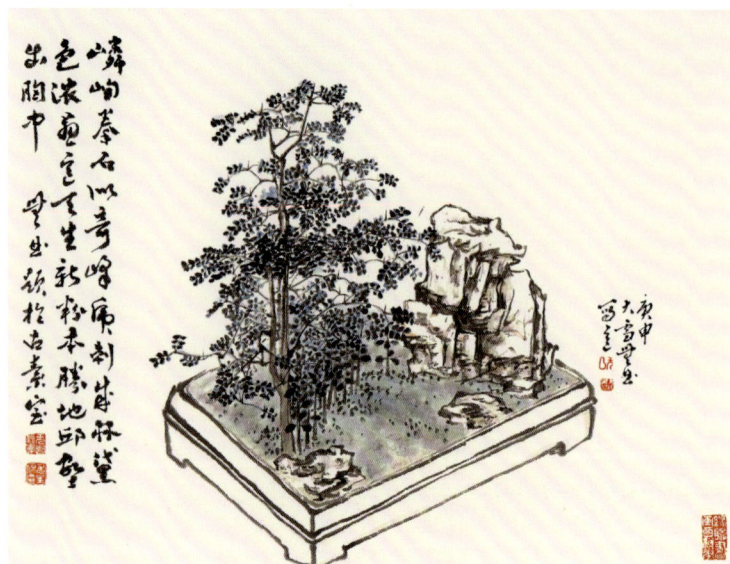

《曲园盆景写生册》之虎刺
33.5cm×44.5cm
纸本设色
1980年

密林深处（虎刺 树龄30年）

虎　刺

嶙峋拳石似奇峰，虎刺成林黛色浓。
画意天生新粉本，胜地丘壑出胸中。

1980年

虎刺分盆

春来正是种植时，日暖风和催绿枝。
带雨分根人与乐，湿衣换得我心怡。

1993年3月

注：左上图是尤无曲的虎刺盆景写生，下图是尤无曲做
的虎刺盆景。虎刺这种植物树形矮挺，树干刚健，自然成型。
虎刺开白花结红果，春华秋实，树叶四季常青。红果成熟后，
可以采摘收取，再种到土里育苗繁殖。虎刺盆景是尤无曲观察
自然，领悟自然的载体，又是他培育新苗，观察生命萌发的对
象。在虎刺盆景里，尤无曲感受山林气、野逸气，感悟生命的
生生不息。

《曲园盆景写生册》之雀梅
33.5cm × 44.5cm
纸本设色
1980年

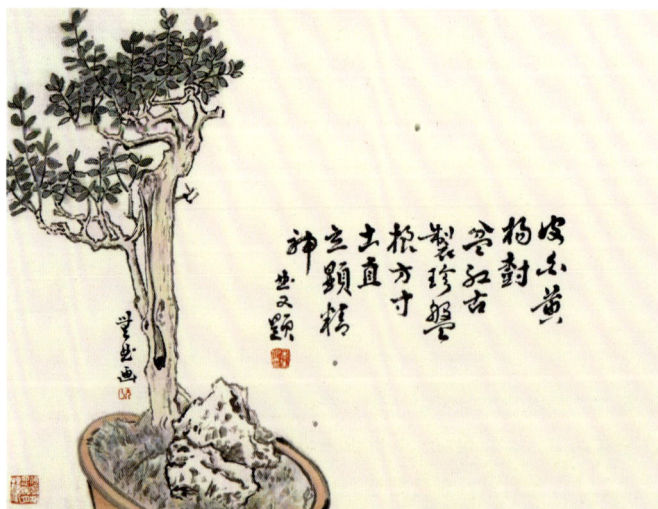

《曲园盆景写生册》之黄杨
33.5cm × 44.5cm
纸本设色
1980年

雀 梅

铁骨繁枝夏开花，凌寒晚翠亦堪夸。
明窗此日成清品，荆棘丛中是故家。

1980年

黄 杨

皮白黄杨树，盆红古制珍。
盘根方寸土，直立显精神。

1980年

注：左上图是尤无曲画的雀梅盆景写生，下图是尤无曲画的黄杨盆景写生。尤无曲在七八岁时就开始扦插黄杨，这盆黄杨就是尤无曲自己扦插成活的，经几十年的培植长成个头不大，却如参天大树的盆景。当年尤无曲特别喜欢这棵树，栽在一只清末的大红袍紫砂盆中，如今这棵树已不是这个样子，但这幅写生作品，已将这棵树的那段时光定格在了画纸上。

《曲园盆景写生册》之榆树
33.5cm×44cm
纸本设色
1980年

曲园盆景之榆树　约20世纪70年代制

小 榆

倾偃在山隈，古榆缀新梅。
轻红衬绿嫩，宜占百花魁。

1980年

咏榆醒春

手把盆中树，千年作古姿。
春来点翡翠，我爱小榆知。

1993年4月

注：左上图是尤无曲画的榆树盆景写生，此写生对象即左下图的榆树盆景。春天，尤无曲喜欢看榆树吐绿芽的过程，感悟生命的萌发。他和他养育的花木有心灵交流。右边的诗，就是他每年春天看到那一抹新绿出来时的心情写照。

《曲园盆景写生册》之古柏
33.5cm×44.5cm
纸本设色
1980年

古 柏

闲庭古柏满苍苔，小小盆儿依样栽。
留得雪泥鸿爪迹，诗情画意一时来。

1980年

黄山松

大快余心事，黄山得一松。
盆栽饶古意，仍是悬崖风。

1980年

绒针小景

金黄翠绿绒针顶，曲折盘根有挂枝。
廿载经营寻常物，风骚独立出奇姿。

1998年6月

曲园八景
29cm × 103cm
纸本设色
1997年

六月雪

黄花为友隐东篱，独抗炎威雪满枝。
别有清寒高格调，明窗坐对是吾师。

1980年

灿孙献桃

灿孙蜀地喜方回，手捧盆茶桃四枚。
翠叶娇红浆欲滴，千山万水作家醅。

1998年7月

铁骨胭脂点
68cm × 34cm
纸本设色
1982年

题盆梅

铁骨胭脂点，泥盆出古姿。

墙根人不识，无曲自珍之。

1982年10月

自　笑

无事吮毫涂，得佳置画橱。

知交随索取，自笑有前途。

约1982年

注：左图是尤无曲送人却被拒收的画。这段往事，可见证尤无曲的艺术，或中国艺术当时的处境，画上尤无曲题诗（右一）表达心迹。

生活在小城南通，胸怀"上下千年"之志的尤无曲，在温和平静的外表下，包蕴着铮铮傲骨和无穷毅力。世俗的名利不是他要考虑的事。尤无曲走的是条"寂寞之道"，沉默而坚韧，凭一己之力，画出他独有的面貌，走出属于自己的艺术之道……

笔墨有新图
179cm × 72.5cm
纸本水墨
1984年

题 画

当年作业乃困途，兀坐冥思记得无。
不是今朝逢盛世，何来笔墨有新图。

1984年

偶 成

乱世过来逢盛世，艰难曲折国和家。
平生爱好无多几，半是丹青半是花。

1984年

题 画

自古画松妙手多，清奇古怪见婆娑。
老夫兴到也涂抹，留与后人评若何。

1996年6月

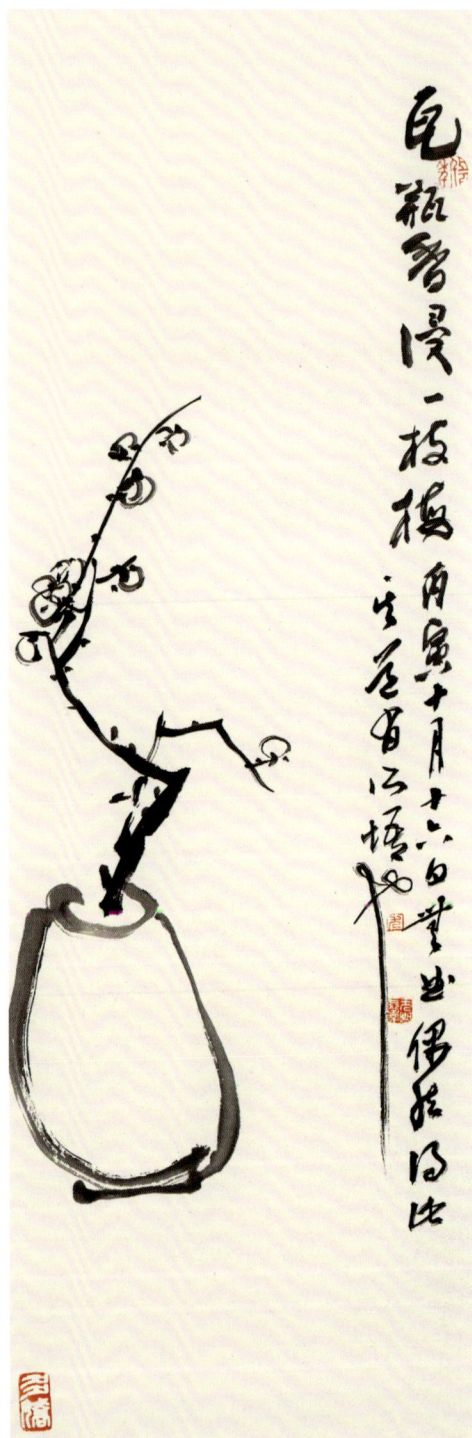

瓦瓶香浸一枝梅
68cm×23cm
纸本水墨
1986年

题　画

哪计拙工与暮晨，栽花翻土更精神。
天生傲骨不阿世，墨石松梅个道人。

1984年

题　画

素笺浓墨写盆栽，犹忆南楼杂乱堆。
冬季窗沿收日照，梅花几点出奇来。

1999年

注："个道人"姓丁，名有煜，字丽中。是清代康乾年间，南通的大画家，艺术成就不亚于"扬州八怪"，一生不求闻达，虽声名不显，但尤无曲很敬重他。

左图以书法的用笔写出，画上看似东倒西斜的寒瓶里，插一枝仿佛刚从树上折下的素梅，画家凭着用笔用墨的变幻，画出散淡独立的文人风骨。落款最后一句"其道有所悟也"。"也"字一笔写成，拉下长长的线条，可看出画家当时快乐跳跃的心情。

梅石图
69cm×41cm
纸本设色
1992年

题　画

刻意学吴翁，难能复笔融。
仰求得气足，貌似神不同。

1992年

偶　成

一觉朦胧眼，轻寒已是春。
鸡声催早起，窗隙月窥人。

1984年

题　画

不写青山和绿水，兴来点染出天真。
红梅墨竹兼苍石，磊落情怀个道人。

1993年3月

《无曲写松册》选一
30.7cm×43cm
纸本设色
1989年

《无曲写松册》选二
30.7cm×43cm
纸本设色
1989年

雀 舌

卅载培成一小松，叶如雀舌干如龙。
悬崖虽有拿云意，何日飞腾向九重。

1980年

不 寐

岁暮不寒似早春，西风半醉更精神。
养花除草寻常事，一笔豪情到老人。

1990年1月

注：尤无曲育松、养松、画松，他能画出松树的风、晴、雨、露，松是尤无曲笔下的永恒主题。

尤无曲生活中谦虚，艺术上自信，画松上自负。常说：他画的松，不敢说后无来者，但已前无古人。左图的两幅画松册，诗画一体，笔笔写出，是一个时代的笔墨高峰。

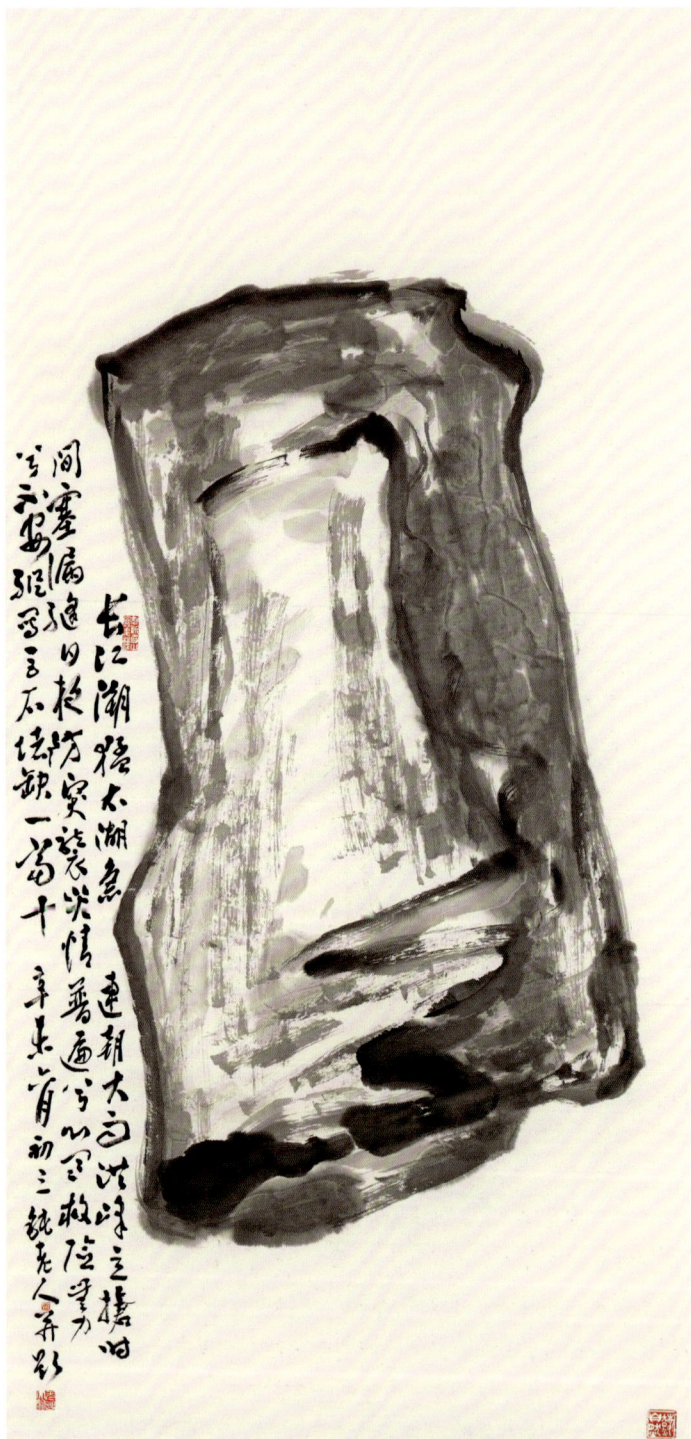

长江潮猛太湖急，
连朝大雨泛峰湾，
搪闸塞隅逼遇口，
救防实襄尖情善，
遍引以口尽救险，
学力不任缺一当十。
辛未肖初三
缺老人并记

巨石堵缺一当十
138cm × 69cm
纸本水墨
1991年

感　怀

长江潮猛太湖急，连朝大雨洪峰立，
抢时间，塞漏缝，日夜防突袭。
灾情普遍兮心寒，救险无力兮不安。
纵写巨石，堵缺一当十。

1991年7月

大雨不寐

合眼朦胧里，烦心经几更。
楼篷打急雨，大海波涛声。
雷雨连宵急，虚怀梦不成。
难眠听漏屋，愁煞到天明。

1991年7月

注：1991年夏，一场特大洪灾，漫及18个省、自治区、直辖市，导致3亿多亩庄稼被淹，2.2亿人沦入洪灾中，江苏是受灾最重的省份之一。

这两首写洪灾的诗，记录了尤无曲当时的心情。左图是尤无曲画来堵洪水的巨石。女娲炼石补天，是流传的先民神话，尤无曲画石御灾，自然不是要创造神话，但画石挡灾的心意，实实在在。画块石头，对灾情或许没有直接作用，但尤无曲画石御灾的那份愿力，可能冥冥中产生了神奇力量，这块石头画出不久，那年的灾情慢慢地缓解了……

无量寿佛
69cm×32.5cm
纸本设色

平凡情趣

不学佛来不学仙，从心书画乐天天。
童时盆景成奇趣，白首还向大自然。

1990年

闲　情

花茶品赏乐如之，酒后微醺挥洒时。
更有知交三两至，披图评画更论诗。

1990年

注："不学佛来不学仙，从心书画乐天天。"这是尤无曲生活的日常，他每天享受着书画艺术和养花带来的乐趣。退休后尤无曲每天上午都是练字。他认为书法是中国画的基础，画家绘画水平高下取决于三个方面：勤、格、悟。尤无曲的勤，最直接的表现就是每天上午的日课是练字，日复一日，年复一年。对他来说，写字是乐趣也是练功。九十岁前后，他常说："越来越能感悟到笔墨变化的乐趣。"对尤无曲来说他的生活即艺术，而艺术也是生活。左图是尤无曲很罕见的画罗汉的作品，画上他题"无量寿佛弟子尤其侃沐手敬题"。虽然他不学佛，但在画佛的时候，他心怀敬畏，无比虔诚。

端阳佳友六阓门
而乐案墓珪室
友莉寒未免多岁
年此家遼向素箋
垂榴觀人遼向素箋

辛未卷月五日
学田筠頫

端阳景
68cm×34.5cm
纸本设色
1991年

端阳纪趣

（一）

大雨连朝久不收，只凭砚笔困南楼。
清晨课罢出门去，独立桥头看水流。

（二）

端阳大下关门雨，水气填空夏严寒。
未见有人来作客，还向素笺画榴观。

（三）

有客叩扉需看画，南楼笑语展图间。
画情仔细寻天机，不取时风不倾攀。

1991年

注：这三首诗是尤无曲日常闲散自在的诗画生活写照。第三首诗的最后两句，流露出了尤无曲潜心变法、寻求突破、走自己的艺术之路的信心和决心。

解暑
34cm × 44cm
纸本设色
1989年

夏日即事

炎炎夏月应居家，抱恙求医不误差。
一路赶凉过早市，街头小巷卖西瓜。

1990年

食瓜志异

切个小西瓜，红红见两叉。
其中只一子，甜美不容夸。

1990年

遣　兴

春风已过日偏斜，盆景台边暂作家。
闲逸养心寻乐事，微醺坐对吃西瓜。

1992年

万事如意
82cm × 34.5cm
纸本设色
1994年

近　思

（一）

童年粉笔乱涂鸦，又喜翻盆土与花。
难得此身平凡事，居然两样合成家。

（二）

学画未思入翰林，从来论古不参今。
情真俚句抒心意，天地悠悠作短吟。

1994年

甲子生日

生我今朝八五春，平平淡淡过来人。
松杉何只上千数，点染丹青早等身。

1994年

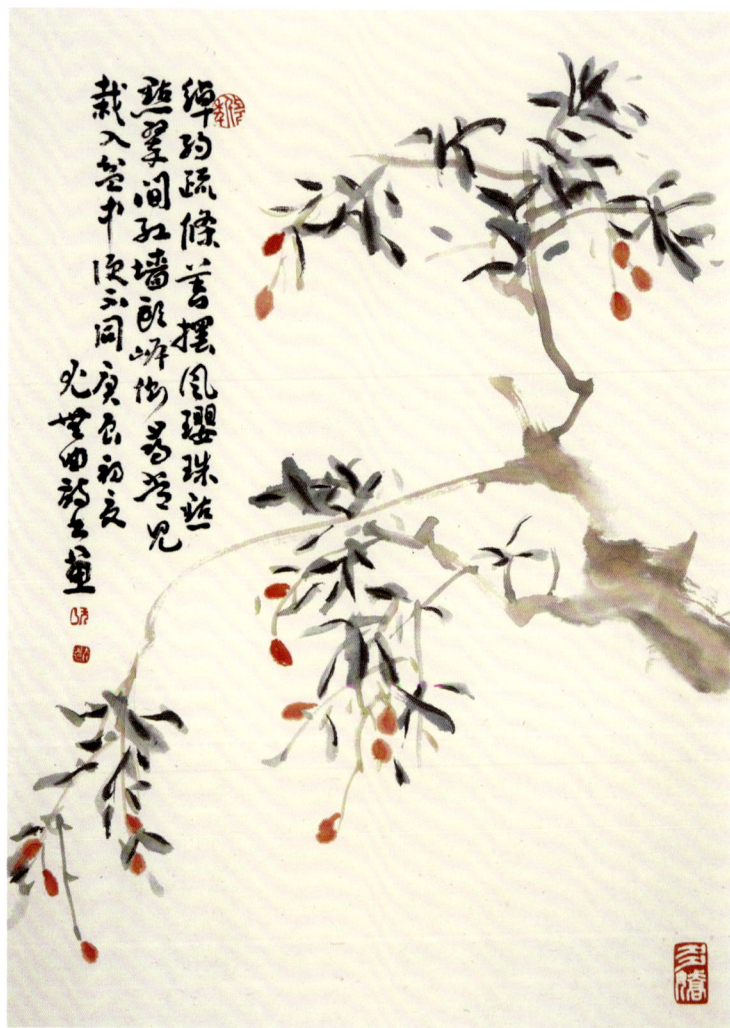

绰约疏条菁菁摆
璇翠间红墙耶峥嵘
栽入尝见
次六同庚戌初夏
光世田於北京画

枸杞
46cm×34.5cm
纸本设色
2000年

枸 杞

绰约疏条善摆风，璎珠点点翠间红。
墙头岸侧寻常见，栽入盆中便不同。

1980年

述 怀

个性生来不计贫，任其所好老青春。
世人那识余心乐，书画养花却有神。

1995年

述 怀

世外桃源何处寻，悠悠天地古来今。
江山如此多娇艳，耄耋依然童孩心。

1995年

曲园盆景之雀舌 六月雪 约20世纪70年代制

我为青山乐写真

丹青法自然
136cm×98cm
纸本水墨
1983年

题　画

笔耕六十年，埋首画案前。
三上黄山后，丹青法自然。

约1983年

创作精神

写画强其骨，气韵生有神。
百家流汇处，纸上见悟人。

1990年

　　注：1983年是尤无曲三上黄山归来的第一年。某种意义上说，是尤无曲将自然山水和心中山水真正融合的元年。所以他在左图上题了右一的诗句。右二的诗写于1990年。尤无曲的古稀变法前后八年，到1988年进入高峰期，右二的诗，是尤无曲领悟的画法和画理，也是他进入艺术高峰期的感悟和见证。

披图满眼苍莽境
169cm × 95cm
纸本水墨
1983年

题　画

披图满眼苍莽境，怪石嶙峋紫夹青。
水气岚光浑一体，山中消暑有茅亭。

约1983年

题　画

不师八大深幽诣，落墨随思具性真。
得趣偶然心所及，任他畦径取精神。

1989年

题　画

多少年来纵笔涂，轻施重抹作新图。
层峦叠翠群峰立，一瞥青山似有无。

1989年

空庭独漫步
19cm × 53cm
纸本水墨
1990年

夏　晚

空庭独漫步，喧嚣隔墙闻。
树影斜阳照，云山衬屋群。

1990年

即　兴

乐趣画中寻，长持万古心。
诗书解寂寞，有病不呻吟。

1990年

感　怀

虚怀不作求名幻，夜半醒来梦正香。
反侧寻思堪一笑，月光又见上东墙。

1990年

愿为垂钓者
24.6cm×32.4cm
纸本水墨
1990年

心　思

乐事缘心旷，人生天地间。
愿为垂钓者，江上看青山。

1990年

学琴不成自嘲

学琴畴昔事，何处着深思。
反复关山月，曲音念故知。

1990年

秋　夜

新月偏西下，虫声乐自然。
胸中无点事，着枕便成眠。

1990年

案头喜展瑞图看
24.6cm×32.4cm
纸本水墨
1990年

题　画

天池淡墨浓写树，点染经营不觉寒。

愿得年年丰足景，案头喜展瑞图看。

1990年

题　画

乱头粗服学天池，运笔从容任所之。

画到兴浓酣墨处，横涂竖抹总相宜。

约1984年

题　画

天池狂放缶翁拙，破格前贤为自娱。

率尔难能堪惬意，居然写出我新图。

1991年

深居斗室学禅关
68.7cm × 46.5cm
纸本水墨
1991年

避 暑

深居斗室学禅关，借忆清凉水与山。
悟得此中真境界，任他炎逼我心闲。

1990年

秋雨静坐微思

南无弘一艺文丰，行脚青山绿水空。
物外何时俗累了，苦炎秋雨爽凉风。

1995年

触 怀

不羡荣华是遗风，守文游艺谨遵从。
友朋那识余心乐，乐在青山绿水中。

1998年

黄山烟云
34.5cm × 100cm
纸本水墨
1998年

题　画

不见黄山年已久，挥毫漫写黄山思。
云纱飞越群峦过，隐约诸峰瞬息时。

1998年

题　画

黄山气势群峰立，万木苍苍迎客前。
难得相谐赏心处，流云流水早秋天。

2000年

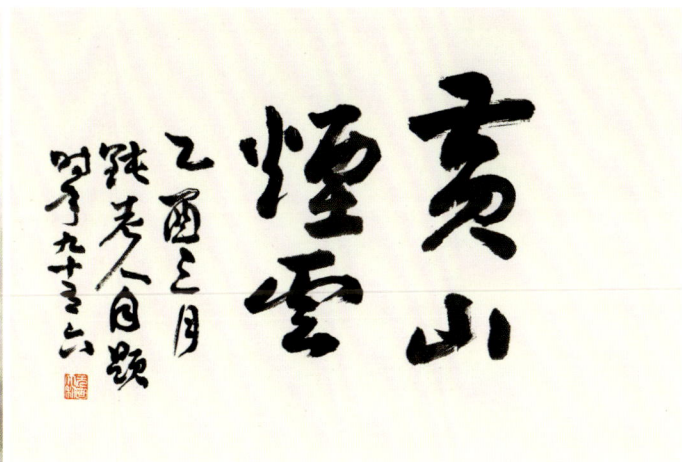

随里点灑積
黄山熟白法泉
幽数弯六水泥
神泉脱化至
温舊歷瓜方逼
戊寅春月光亮堂
郭立堂時年八十九

随思点洒积黄山
69.5cm×34cm
纸本设色
1998年

题画二首

一

　　随思点洒积黄山，悬白流泉曲几弯。
　　不取形神求脱化，重温旧历似方还。

二

　　松杉梅柏自由屋，不问青山和穷谷。
　　泼墨交流法速成，一天高兴出多幅。

1995年

　　注：1995年，尤无曲在艺术上的路越走越宽，在宣纸上再造自然，越来越纯熟，他笔下画出来的，虽不是自然界某个具体的景色，却是符合自然规律的景象。他有随意造境的能力，这是区分中国画家成就的分水岭，只有达到能在宣纸上随意造境，才能称为大家。20世纪中国画坛上，真正达到这个境界的画家屈指可数，很多盛名的画家，只走到对景写生的阶段。

　　1995年是"黄宾虹热"开始的时候，心怀"上下千年"之志的尤无曲，明白自己的追求，写下"不取神似求脱化"的诗句。

青山识我几多春
69cm × 34.5cm
纸本水墨
1997年

题　画

青山识我几多春，我为青山乐写真。
意气纵横泼水墨，斑斑点点见精神。

1984年

偶　成

平生嗜好丹青业，逐岁悟思益自宽。
泼墨深藏皆境界，行云可作草图看。

1990年

　　注："我为青山乐写真"是尤无曲的一句诗，也是他一生的写照。山水画一直是尤无曲最钟爱、最擅长的画种。他从五岁开始学画，画到97岁。到后期，他笔下的山水已不是自然界中的某一景，也不是古人的某一家，而是有自己笔墨语言又符合天地规律的再造自然。达到随意地在纸上再造自然的境界，古往今来又有几人？

人立蓬莱巅
46cm×34cm
纸本设色
1981年

题 画

雨洗万松翠，涛声盈耳边。
浮云似大海，人立蓬莱巅。

1981年黄山作

题 画

重山浮紫翠，石上泻清泉。
宿雨经宵住，白云接远天。

1982年

注：左图青衣人，站在山巅，边上是郁郁苍苍的黄山松，面对着茫茫云海。云海之中白云滚滚，瞬息万变，云海尽头是一抹黑黑的远山，脚下的山也被奔涌的云海环绕，云上是染满花青的松涛，画上尤无曲题右一诗。画里流露着画家一览众山小的豪迈情怀，画家是不是感到自己站在了中国山水画的高峰上？他是否想起了多少年前立下的"上下千年"的壮志？还是此景让尤无曲领悟到山水画的真谛了呢？

放翁画意
66.5cm × 41.5cm
纸本设色
1985 年

题 画

笔墨相融似有无，斜风细雨入斯图。
放翁画意剑门句，诗境同源乃一途。

1985年

题 画

杨柳披黄桃放红，迷人春色不寒风。
骑驴得得寻幽去，一片诗情细雨中。

1993年

注：自唐代开始，许多诗作中常出现骑驴人的形象，骑驴逐渐成为文人的一种文化标识。驴在中国传统文化中象征着坚韧和朴实。中国的文人崇尚"君子固穷"的品格，骑驴成为他们淡泊名利、追求道德修养的简朴生活方式的写照。

左图和右页的诗里，都有骑驴人，尤无曲画过多幅骑驴的画，也有多首提到骑驴的诗，这是他心中对自己文人和诗人身份的定位，也是心中隐逸情怀不由自主地流露。

松阴对弈图
53cm × 23.5cm
纸本设色
1987年

有　感

宇宙向开发，探微究所知。
丹青穷变态，围子亦神棋。

1990年

近　思

不是呆来不是痴，多惟人物众相持。
长生自有修身法，得趣闲情便写诗。

1999年

注：尤无曲年轻时学过围棋，国手徐润周是其好友，曾给尤无曲写过一幅书法，录了一段鲁迅的话："采用外国的良规，加以发挥，使我们的作品更加丰满是一条路；择取中国的遗产，融合新机，使将来的作品别开生面也是一条路……"如今看，依然是真知灼见。

左图是尤无曲为长孙尤灿所画，那时正是中日围棋擂台赛棋手聂卫平最火的时候。画里有中国人扬眉吐气的时代背景，有祖父对孙子的喜爱，还有画家全面的水墨技法、设色技巧，以及高深的绘画境界。

有客平冈坐
69.5cm × 45cm
纸本设色
1988年

题　画

有客平冈坐，苍苍郁郁松。
群山方隐没，倏忽又奇峰。

1981年黄山作

题　画

淡墨轻轻泼水匀，空灵任白自天真。
吾今虽老童心在，脱去旧衣改时新。

1999年

　　注：左图用墨用色极讲究，画上墨和色，相融相渗而不相混，色中透墨，墨中含色，虚实浓淡的融合形成奇妙的和谐，画上题右一的诗，画和诗，把黄山云雾的流动、烟云的变幻，描绘得淋漓尽致……

梦游幽境
69cm×35cm
纸本设色
1989年

梦游幽境

远山脉脉色空蒙，密密疏疏树两丛。
梦里情思萦一瞥，依稀犹似画图中。

1989年

述 怀

不趋世俗不相违，难得几番上翠微。
涤尽胸怀容画稿，年来竹石并松围。

1989年

自 嘲

八十年来浑涸过，几番欢乐几番愁。
心身劳逸凭花草，珍惜时光破笔头。

1989年

泼彩
67.5cm × 40.5cm
纸本设色
1990年

题　画

雨后青山夕照红，池塘映影半蒙泷。

移情满目忆畴昔，有似西湖晚步中。

1990年

题大型画册

我写云山可万千，漫游抽象意当前。

寻求其乐乐无尽，舒展丹青法自然。

约1997年

注：左图是尤无曲为数不多画夕阳的作品，可与其自题诗（右一）一起细品。画家通过绘画表达自己对自然之美的感受和对往昔时光的怀念。他将自己的情感和记忆融入到诗和画中，诗画的意境相互印证，可谓画中有诗，诗中有画。右二诗中第二句画家用到"漫游"和"抽象"二词，对画家来说，诗中的漫游，不仅仅是对自然界的描绘，更是对抽象意境的追求。这里的"抽象"是指超越具体形象，追求更深层次的意象。画家通过表达自己对自然界的理解和想象，以及追求艺术的抽象意境，来描绘自然的美。

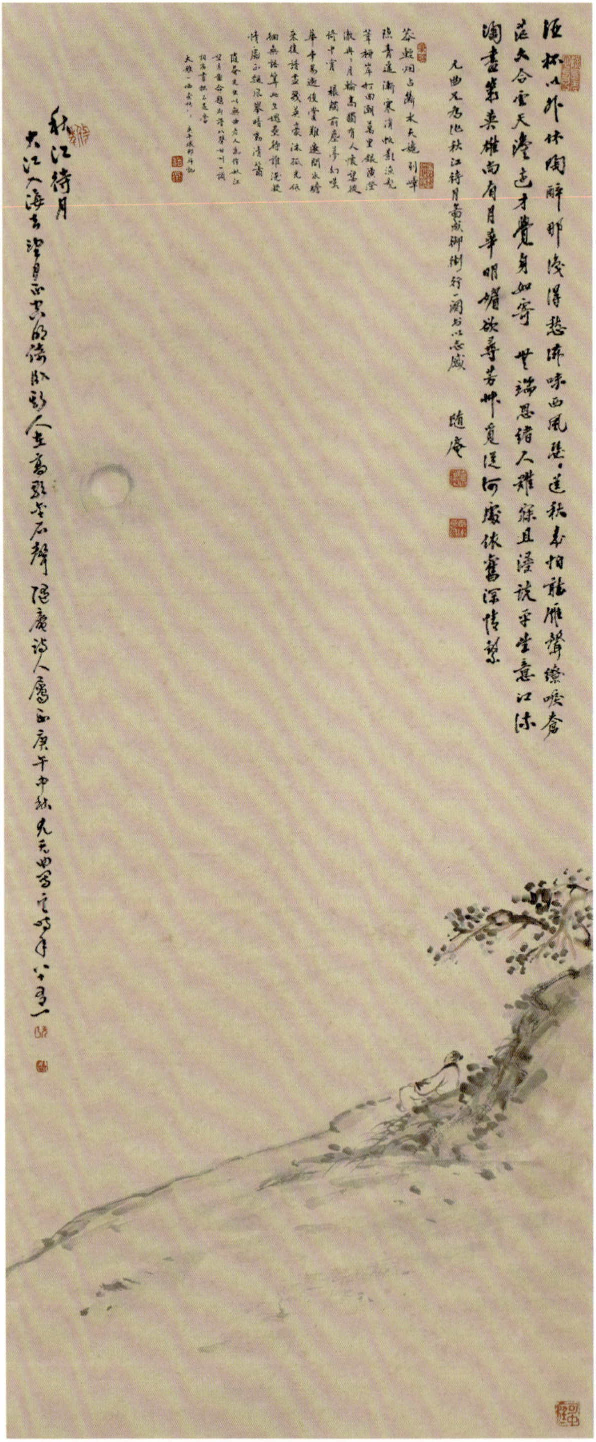

秋江待月
91cm × 39cm
纸本设色
1990年
曹向平 赵鹏跋

题秋江待月图

大江入海去，望月正空明。
倚卧斯人在，高歌金石声。

1990年中秋

注：此诗画是尤无曲应老友曹向平所请的精心之作，画完曹向平和赵鹏分别题跋。

画用笔极精细，且多施以渲染之法，这在尤老晚年的作品中很少见。同时画中表现出那明月高悬下的水天空阔，其意境也极稀觏。另一是题诗所传达的意象，也在其诗作中绝无仅有。诗中歌若金石的"斯人"，固然指的是命题索画的老友；然而我却觉得，此诗此境也未尝不可看作是画家内蕴的豪情逸致的偶尔一露。（摘录自赵鹏《想起秋江待月图》）

曹向平题：酒杯以外空陶醉，那识得，愁滋味。西风飒飒送秋来，怕听雁声嘹唳。苍茫六合，云天淡远，才觉身如寄。无端思绪人难寐。且漫说，平生意。江流淘尽几英雄，尚有月华明媚。欲寻芳草，觅从何处，依旧深情系。无曲兄为作《秋江待月》图，成《御街行》一阕书以志感，随庵。

赵鹏又题：莽疏烟占断水天秋，列嶂隐青遥。渐寒消帆影，凉凭苇柳，岸打回潮。万里银潢澄澈，冉冉月轮高。独有人怀望，徙倚中宵。怅触前尘幻梦，叹华年易逝，俊赏难邀。问冰蟾来复，谙尽几英髦。沐孤光、低徊无语，算此生、块垒待谁浇。凝情处，正飘风举，暗动清箫。随庵先生以无曲老人为作《秋江待月》图命题，即谱《八声甘州》一调，词劣书拙，不足当大雅一哂，奈何奈何。庚午琅邨并记。

青山变美于隐茅身
由是公誉同为家闭门
书爱吉　壬申三月
祝春风斯题

青山变万千
68.5cm×34cm
纸本设色
1992年

题　画

青山变万千，随笔自由天。
今昔同为我，闭门有异前。

1991年

题　画

（一）

从事丹青七十年，苦心寒暑学前贤。
多情得有老天助，三上黄山法变迁。

（二）

泼墨轻痕已半稿，添加几笔充成章。
长松修竹两间屋，隔涧鸣泉美意常。

约1997年

何处清凉世外尘
69cm × 34cm
纸本设色
1996年

题　画

何处清凉世外尘，飞泉直下最宜人。
竹间水阁相依伴，写合心思画必真。

1996年

题　画

淡淡青山显眼前，纵横相宜笔当先。
自由写得天然趣，旷白空间意万千。

1996年

　　注：右一的诗和左图的画，均创作于1996年的春天。画家画毕，因觉得意境深远，特别精彩，复乘兴题诗。诗进一步阐述了画意，诗画浑然一体，诗中有画，画中有诗。飞流直下的瀑布边有间水阁，水阁边有棵小树，后面是青青的竹林。远远望去漫在云雾里的大山若隐若现。画里没人，看画的人，就是画里的人，看一眼画，就好像走进画中。不知是人到了画里，还是画到了人心里。观画的人，仿佛一下子来到青山碧水中，心旷神怡，俗虑俱消。

古寺深林处
83.5cm×30.5cm
纸本设色
1996年

题　画

古寺深林处，晨烟雾半开。
情怀画笔下，冬去春重来。

1996年

题　画

横观曲折古松前，相识黄山得自然。
晨起兴来驱笔下，从心畅墨写云烟。

1995年

注：1996年在城市化进程中，百年的尤家老宅拆迁，尤无曲搬到银花苑新居，不久老师陈半丁的儿子陈燕龙，辗转托人带来一封信。陈燕龙在20世纪80年代，就向南通的亲戚打听尤无曲，亲戚推脱不认识。这年重新托付的人，把信送到尤家，失去了几十年的联系恢复了。回信时，尤无曲送给陈燕龙一幅精品山水画，还附上了一些作品的照片。三年后，艺术史家朱京生在陈家看到尤无曲的作品和图片，大为惊叹，尤无曲走出南通的通道打开了。右一的诗就是尤无曲那时心情的写照。

松阴话旧图
48cm × 178cm
纸本设色
1998年

引首：传世珍玩 乙酉三月望日钝翁自题时年九六。
2005年

劲　松

雨洗青松分外青，代传育树好门庭。
新芽茁壮齐排立，清白人生世世馨。

1998年

查血脂

报告血糖六又三，心情振奋若轻岚。
神通重返童时样，点滴胸怀似酒酣。

1998年

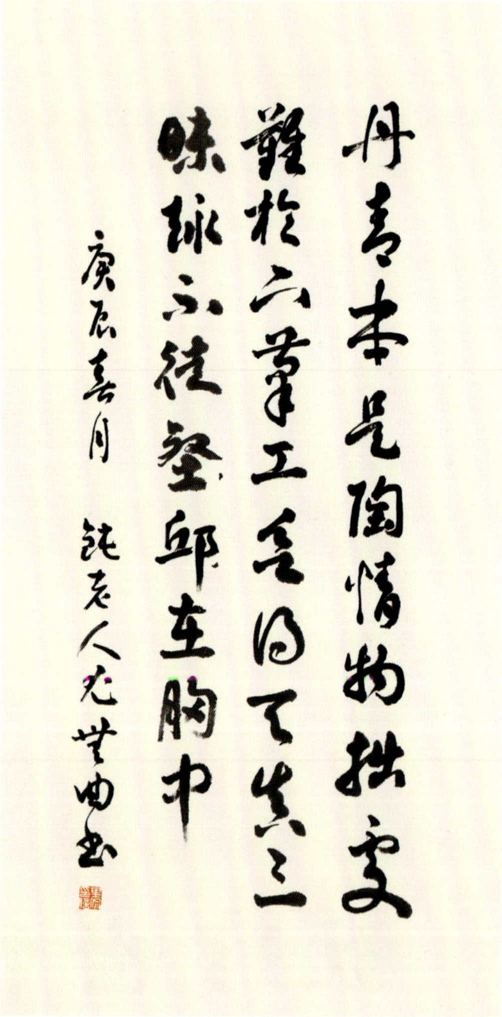

丹青本是陶情物拙变

難於六筆工毛日了失三

昧球入徒塗邱车胸中

庚辰春月

钝老人尤兰田書

自作诗
68cm × 34cm
纸本水墨
2000年

飞云直上向高峰

墨戏图
96.5cm×65.5cm
纸本水墨
1986年

题　画

几处斑斑浓淡墨，兴来纵笔写豪情。
能从有法臻无法，才得天真悟此生。

1986年

题　画

画题格局由心发，点点条条手纵驰。
意到岂论成与否，笔多不若少相宜。

1990年

题　画

诗人太白匡庐句，写入画图把景移。
高处紫烟飞瀑布，游怀但向翠峰驰。

1990年

三月江南景色宽
56cm×70cm
纸本水墨
1987年

题　画

细雨迷蒙山水寒，轻舟掠去柳边滩。
凝思一瞥曾经过，三月江南景色宽。

1988年

题　画

雾气苍茫秋色娇，岸头远望树红梢。
青山独峙长江畔，十月风帆近晚潮。

1995年

题　画

泼墨青山大块云，茫茫白色隐圈纹。
悟经千万随心处，点画轻松是气氛。

1996年

尚有风帆趁晚潮
68cm×45.5cm
纸本水墨
1989年

题　画

云补断峰漏夕照，升腾水气浸山腰。
兴来泼墨饶天趣，尚有风帆趁晚潮。

1989年

题泼墨山水

意冲墨花随水耕，自然景物眼前明。
雨过烟云连峡谷，透光到处有泉鸣。

1988年

注：尤无曲是个自得其乐的人。1978年到南通画院后，
他迎来了艺术上的春天。每天写字画画，累了就侍弄花木，对
尤无曲来说，这就是最好的生活。20世纪80年代，尤无曲养的
五针松、雀舌盆景，那时都是绿色黄金，曾有人出高价，买尤
无曲一半的花木，他一口回绝："我养花是玩的不是卖的。"
尤无曲说过："不与今人争名，但与古人争雄。"当黄秋园、
陈子庄名扬天下时，尤无曲依然沉浸在自己的艺术世界里精
进、领悟、突破，左图就是那时的得意之作。他明白自己的
追求和乐趣。

一片白云掩山村
68.5cm × 45.5cm
纸本水墨
1988年

题　画

风狂雨注似黄昏，石隙奔流欲断魂。
待到放晴遥望处，一片白云掩山村。

1988年

题　画

泼墨何曾当粉本，经营借得水三弯。
遥看柳上帆驰过，晚雨趁风拭碧山。

1988年

题　画

山青云白早秋天，红叶经霜着眼前。
更有清泉傍屋注，心情泼写学先贤。

1997年

泼墨自然成
24.6cm × 32.4cm
纸本水墨
1990年

题　画

云山不用笔，泼墨自然成。
纸上符心意，生平第一程。

1990年

题　画

拖泥带水法，点画有痕无。
昨夜风和雨，华滋出是图。

1990年

题　画

随笔自由天，青藤隐眼前。
枯涧不著意，墨趣乐心田。

1992年

笔点雨来韵味长
71cm×67cm
纸本设色
1992年

题 画

拾得包装纸半张，水匀墨浑做文章。
难能自古随心意，笔点雨来韵味长。

1992年

笔墨魂

笔墨从来是国魂，丹青变法意犹存。
何须咤叱阿谀骨，留待后人作正论。

1990年

　　注：左图画在宣纸的包装纸上，尤无曲很喜欢用这些带草茎的包装纸画画。右一的诗记录了画这幅作品的情形。右二的诗昭示了尤无曲心中的艺术之路：坚守国魂，潜心变法，超脱时流，相信未来。尤无曲的绘画原汁原味地保留了中国绘画的经典之美，又创造出融合古今、融通中西的"笔墨水融"的时代新貌，他打通了中西方艺术的壁垒，融合了抽象和意象，或者说是在借古开今的基础上，以东融西，开创了中国山水画新境界。他以近百年的艺术人生和成就证明：从传统走向现代、走向未来的艺术道路，具有强大生命力。

云沉雨意浓
79cm×27.5cm
日本皮纸
1990年

题　画

蠹立有青松，云沉雨意浓。
自然平淡景，借助翠微峰。

1990年

题　画

极目空山静，自然幻变真。
溪旁傍水阁，如见有伊人。

又

依山傍竹住，溪水潺潺流。
黛色白云隔，悠然堪久留。

1994年

画里风光乃自由
79cm×27.5cm
日本皮纸
1990年

题　画

青山着眼堪停留，画里风光乃自由。
水满清溪生意足，春来处处好寻幽。

1990年

题　画

兴高下笔更从容，不管春秋与夏冬。
难忘黄山多驻足，只缘烟雨看奇峰。

1995年

　　注：尤无曲自1979年开始古稀变法，经十年探索，艺术进入了新时期，把中国山水画又向前推进了一步。早年学习的各门各派的山水和自然的山水融通了，形成了具有自己艺术风格的心中山水，进入属于他自己的自由王国。20世纪90年代初，尤无曲用珍藏60多年的日本皮纸，创作了如左图的几幅泼墨山水画，这些画既有元人的精神，又有现代的笔墨构成，格调高、意境深、构图新，画法既传统又现代，达到山水画笔墨语言的新境界。

涤尽尘埃画乃清
79cm × 27.5cm
日本皮纸
1990年

题　画

论古工夫随意行，千锤百炼自然成。
写生岂只描形象，涤尽尘埃画乃清。

1990年

题　画

泼墨秃颖写早春，两间茅屋竹泉滨。
此中许我经年住，纵不长生亦可人。

约1993年

题　画

潺潺涧水绕山村，远黛浮云是墨痕。
书合诗情微妙处，朦胧一片近黄昏。

1993年

飞云直上向高峰
79cm×27.5cm
日本皮纸
1991年

题　画

青青一片隐寒松，追忆黄山插九重。
岚气透过烟与雾，飞云直上向高峰。

1991年

题泼墨山水长卷

一卷云山四尺长，当年借烛学倪黄。
今朝老眼不经意，却把新春换旧霜。

1991年

述　怀

写出青山作自娱，老年心旷甘偏隅。
此身画里寻生活，不见尘埃任有无。

1992年

笔添红太阳
27.5cm × 80cm
日本皮纸
1990年

题泼墨横幅

黄山泼墨写，曙色淡淡光。
更作神奇想，笔添红太阳。

1990年11月

题　画

不见黄山十七年，黄山时刻在眼前。
水青墨色随心手，难得风光绝自然。

1996年

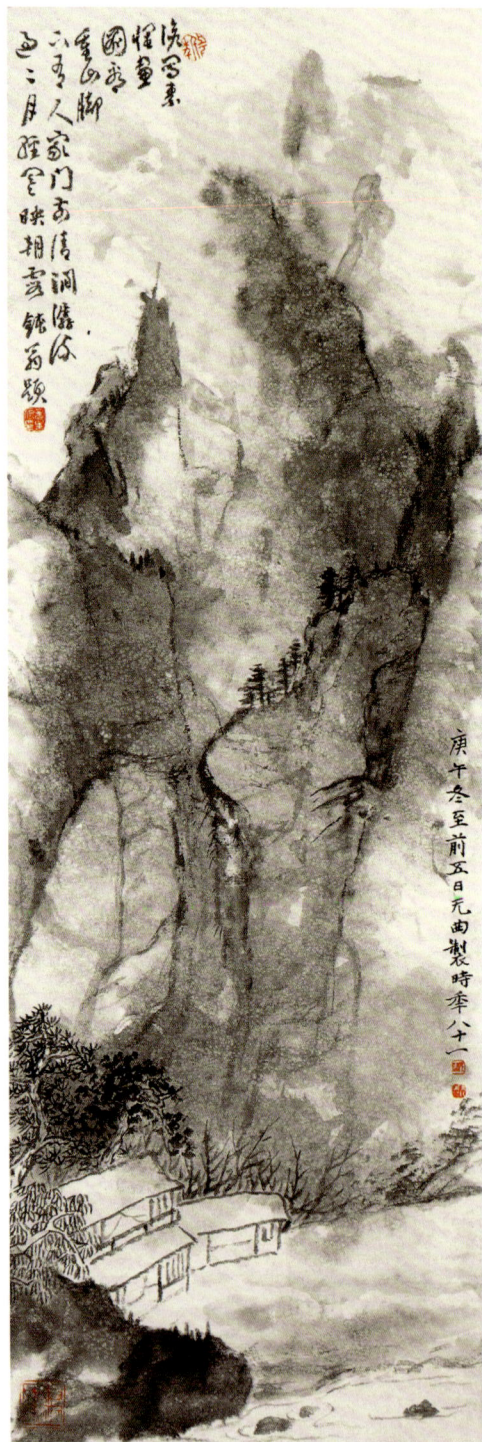

二月轻寒映朝霞
80cm×27.7cm
日本皮纸
1990年

题　画

淡写素怀画图看，重山脚下有人家。
门前清涧潺流过，二月轻寒映朝霞。

1990年冬至

题　画

几椽茅屋绕丛篁，雨过重山拭碧苍。
画里闲情仙境界，人间因自亦寻常。

1997年冬

注：尤无曲的古稀变法将"水"法引用，提升到与笔、墨同等重要的角度，强调笔、墨、水三者之间的"融"合，时代精神与古代文化精神的相融，诗意与哲学奥义的感性共融。左图就是这一时期尤无曲绘画思想和实践的代表作品。水和笔墨达到了相通和相融，画上笔墨润泽，云水交汇，烟云缭绕，意境优美而又蕴藉空灵，恰似唐贤之诗，如此佳作，令观者置身画里，如入仙境，流连忘返。

犹忆黄山云雾晨
80cm × 27.9cm
日本皮纸
1990年

题　画

泼墨原来信水匀，何曾着意追天真。
略添几笔画非画，犹忆黄山云雾晨。

1984年

题　画

丹青本是陶情物，拙处难于下笔工。
若得天真三昧趣，不徒丘壑在胸中。

约1982年

注：尤无曲有一颗赤子之心，他到95岁时眼睛也是明亮的，无论多老都是童心未泯。这就是诗中说的"天真"二字。左图描绘的是黄山的云雾早晨，尤无曲擅于在画中表达自然的气息，这些自然的气息是融在他心里的意象，通过手中的笔自然而然地描绘了出来。尤无曲非常看重第二首诗。这首诗是画理，也是画论。诗中云："若得天真三昧趣，不徒丘壑在胸中。"在尤无曲心中，如能得到"天真"，连丘壑都可以忘掉。或许尤无曲融化抽象和意象想法以及消融笔法的画法，可能就源自写这首诗时的思考。而他创"笔墨水融"说，是写出这首诗约20年后的事。

旧笔写新容
89.5cm×26.3cm
纸本水墨
1999年

题　画

旧笔写新容，追思九寨踪。
非真悟实境，水激山千重。

1999年

题雨景

盛暑送晨风，吮毫画意浓。
浑成急雨雾，山色有无中。

约1982年

　　注：左图是尤无曲为中医好友曹向平所绘，画的是九寨
沟的景色。尤无曲没去过九寨沟，去九寨沟玩的人，回来曾给
他看过九寨沟的照片。尤无曲心里记下了九寨沟的美景，泼墨
时，泼出九寨沟气息图式的雏形，就创作了这幅画。画和他当
初看到的照片，已不同了，但九寨沟留在他心中的气息意境还
在。他在诗里写："非真悟实境，水激山千重。"诗的意思是
说，景是他心中的景，不是现实的景。但他画出来的景，是
符合自然规律的景，这是他在纸上造的景，是他心中的九寨
沟……

深山我亦欲常
70cm × 36cm
云龙宣
2002年

题　画

风啸松涛成格调，鸣泉杂与更心宽。
深山我亦欲常住，人老遐思画里看。

1990年

题　画

漫写斯图积墨痕，重重树木绕山村。
惹人最是赏心处，远上斜径小石门。

1994年

述　怀

花草丹青两自然，雕虫何得及先贤。
难能入世逢知己，写遍江山最乐天。

1990年

白云水气散空谷
67.5cm×68cm
纸本水墨
1998年

题　画

白云水气散空谷，人自天梯一望中。
四月黄山留客雨，壮观幻变有奇逢。

1992年

题　画

咬定山岩松不倾，丹枫相衬眼更明。
深居众谷两间屋，处处流泉与鸟声。

1991年

题　画

秃毫宿墨水相溶，随意轻施顺笔从。
偶得风姿韵势足，天真一派华滋容。

2001年

大雾迷漫
45cm×34.4cm
纸本水墨
2000年

题　画

大雾迷漫里，霏霏细雨天。
山中值妙境，难得此深玄。

2000年

题　画

晨起推窗望，清新不见埃。
烟云多变幻，直扑高楼来。

2000年

题　画

松云生动态，怪石有奇姿。
天下黄山境，旷空我爱之。

2000年

梦回黄山
72.5cm × 140cm
纸本设色
2001年

题　画

梦绕黄山水墨溶，群峰云海与青松。

清奇变幻真仙境，难得人生能几逢？

2001年

作画若耕耘
46.5cm×37.5cm
纸本设色
2005年

题　画

衣食得闲余，种花供自娱。
逢迎非我事，读易小楼居。

1993年

题　画

高山有彩云，空谷无人迹。
破寂迎风来，流泉朝与夕。

1993年

题　画

家住半山腰，飞泉挂九霄。
人间天上境，云起似春潮。

1998年

江南春
46.5cm × 38cm
纸本设色
2005年

题　画

（一）

　　泼写黄山境，构思忆旧容。
　　泉清下峡谷，云白绕奇峰。

（二）

　　瀑布悬山腰，苍苍夏日娇。
　　飞云与水气，处处微风飘。

（三）

　　高阁建山傍，万松与竹篁。
　　独峰成真趣，吾写我康昌。

（四）

　　松竹围山村，村中平凡人。
　　朝朝劳逸活，笑语乐天真。

2000年

黄山烟云
47cm × 37cm
纸本设色
2005年

题　画

每逢画里觅优幽，着眼空间一角求。
泼墨神来多奇迹，笔从黑白可加留。

1997年

题　画

花生白酒觅题诗，粉壁青山正待时。
我写情怀无画稿，挥毫到处可随思。

1997年

题　画

独立平冈在这边，排云犹是近吾前。
构思昔日游观地，忽自黄山又到巅。

1997年

知音赏
47cm × 37.5cm
纸本水墨
2005年

题　画

　　一抹青山淡似烟，涧溪碎石立沿边。
　　数椽平屋摇新竹，难得人生画里仙。

1997年

题　画

　　矮矮青山灌木林，沿边乱石水潺音。
　　立亭削壁成奇趣，清旷江天一片心。

2002年

　　注：尤无曲一生经历了不同历史时期，受到南北不同地域文化影响，追求散淡的生活和艺术的自由。"难得人生画里仙"是他一生的总结。

　　2006年4月，尤无曲预感来日无多，支撑着日益衰竭的身体，完成画集的编选。陆续把答应别人题写的书斋名、画展展标、美术期刊刊头、公园的园名，一一题写完毕，又交代了他认为有必要交代的事。5月13日晚，他因多脏器衰竭辞世，留下遗言："人淡如菊"。

读《后素斋诗稿》

费秉勋

老辈中精书画而又能诗者，而今已日渐寥寥。在我的感觉中，这样的人便是古人的孑遗，我对他们充满了敬重和神往。我在一位南通籍的朋友处见到了九秩老人尤无曲的画，又读到了他未正式付梓的《后素斋诗稿》，不由心向往之。朋友给我一册关于无曲老人的资料，读着读着，老人的形象在我眼前渐渐活脱起来，我在心中感喟：真古君子啊！他日如得谋面而窥其门墙，诚今生之幸也。

无曲老人今存的诗，最早作于1934年，当时他还是二十几岁的年轻人。他可能更早就作起诗来，只是更早的诗没有保存下来，可见他一生都在画着画，也一生都在写着诗。但他并非存心要做诗人，作诗也不是为发表出来邀取诗名的，因而他虽然写了一辈子的诗，知道他能写诗的人却很少。《易·系辞》曰："君子藏器于身，待时而动。"老人对他写诗的深藏不露，一方面体现了他的淡泊谦退之德，另一方面也说明了他作诗完全是为着怡情遣兴，是他个人艺术生活的一部分。画画、写字、作诗、刻印、养花、培育盆景，组成他立体化的艺术人生。唯其如此，他作的诗才确是真诗，无功得，无伪饰，映现的是他潇散的心境和恬淡的生命历程。

　　锺嵘《诗品》评陶渊明云："文体省净，殆无长语，笃意真古，辞兴婉惬。"无曲老人一生迹近隐逸，故其诗中五言，每有靖节风神。"新月偏西下，虫声乐自然。胸中无点事，着枕便成眠。""大雪兆丰年，天寒掩重门。苍松盖白絮，人老益精神。""弯腰剥毛豆，仰椅玩胡桃。盛暑消时日，虚堂亦自豪。"他大部分的诗都是实录其生活和心绪，清浅简淡，细细咀嚼涵泳，意味甚为隽永，比那些故作姿态的诗来，格调要高得多，读起来也要舒服得多。他也有类似李太白的诗作："大江入海去，望月正空明。倚卧斯人在，高歌金石声。"意境苍茫博大而清正。

　　我特别喜爱无曲老人写大自然的诗，他对自然景色总是以一个艺术家的心肠和眼光去看取的。

　　　　雨后青山夕照红，池塘映影半蒙泷。
　　　　移情满目忆畴昔，有似西湖晚步中。

　　　　云补断峰漏夕照，升腾水气浸山腰。
　　　　兴来泼墨饶天趣，尚有风帆趁晚潮。

　　　　风狂雨注似黄昏，石隙奔流若断魂。
　　　　待到放晴远望处，白云一片掩山村。

　　　　叠翠澄秋照眼明，山客对我自生情。
　　　　阴阳消息云岚改，雨后搜罗一片情。

这些诗没有一首是死写自然的。而是把大自然看成鲜活的生命体。大自然"云行雨施，品物流形"（易传语），诗人抓住自然界运动变化的瞬息特征，并在客观的景色中融入创作主体的审美感情，使人在吟读中感受到大自然无限的姿态和如画的美感。同时，老人在许多诗中将自然界的无情之物视为有情，物我相亲，并与之无间对话，富于意趣，见出老人的天真乐观和艺术家气质。这类诗在诗稿中所在多有，故不必在此列举。

《后素斋诗稿》中的诗，大部分是题画的。这些题画诗有的寄托了诗人的人生志趣；有的抒写了绘画中的艺术体验，如运笔恣肆墨酣兴浓时，涂抹得宜的忘我和怡悦；有的表露了创作中独到的艺术心得，金针度人，具有画论的性质；有的记录了画家在师法自然中的艺术创获及取得的艺术新境。

70年代末，南通书法国画院成立，老人被邀入院，有了较好的创作条件，老人在步入古稀之年时，奇迹般地焕发出生命青春和艺术青春，三上黄山写生，成功地进行了衰年变法，《后素斋诗稿》中有不少诗是坦露他此时不能自已的喜悦欣慰之情的，我读了这些诗，跟着老人一起喜悦和欣慰。我祝愿无曲老人健康长寿，青春常在，为后世留下更多的艺术珍品。

后　记

尤　灿

　　祖父尤无曲画了92年的画，在诗、书、画、印及园艺诸多
领域均有建树。他的绘画一路走来，既有深厚的传统功底，又
有现代的艺术理念，他把中国传统绘画的火炬举到了新世纪并
有所发展，开创了新水墨时代。

　　本书共选祖父20岁到93岁的旧体诗170余首。为加深读者了
解文人画家的综合修养，插图选用了祖父和诗有关的书画、篆
刻及盆景作品。自古以来文人画家总是将其独特的情致和诗意
融入创作中，对照这些作品，读者可以看到祖父在艺术道路上
的探索和成长，感受他艺术生活化、生活艺术化的一生。

　　祖父的诗，注重情感的表达和意境的营造，有咏史抒怀，
也有闲散生活的描绘。更多的是画理、画论、画境的感悟。风
格清新自然，朴素而又意蕴深远。有陶渊明的隐逸平和、苏轼
的豁达挚诚、李白的浪漫、杜甫的沉郁，更多的是他知足常乐
的散淡，对自然的热爱，对友情、亲情的珍视。诗中还可见他
对美和理想的向往，不为时风左右，谦和包容中的铮铮傲骨。

　　祖父的艺术之路，是条漫长而又寂寞的路。近百年的岁月
里，他每天都在努力，每天都考验着他的耐心和毅力。祖父90
多年如一日，在艺术创作中永无止境的探索和实践精神，对当

下的艺术工作者极具借鉴意义。有学者认为，祖父到晚年还在想尽办法更新自己的艺术，代表了中华民族一种可贵的坚韧性，认为祖父是中国人历尽沧桑仍然保持童心的典范。

祖父一生都在追求艺术的自由。他虔诚，他刻苦，他对绘画的热爱和坚定，令人感动。他所有的艺术实践和艺术体验，都是为他的绘画作积淀。他40岁以前学古人，42岁后以画教学用人体解剖图为业，70岁后参悟自然、古稀变法，80岁后把西方的抽象和东方的意象融合，领悟出属于自己的笔墨语言，把中国山水画，推向新的高度。90岁创"笔墨水融"说，并画出了具"笔墨水融"艺术理念、抽象和意象结合的作品。这些作品在书中最后一章，大家可对应着看。

本书呈现了经历不同历史时期、受到南北不同地域文化影响的中国画家，在近百年的艺术人生中所散发的诗、书、画、印及园艺等领域的独特魅力。希望这本书能成为连接过去和未来的桥梁，让优秀的中国艺术能得以传承和发扬。

从我记事起，祖父上午都在练字，这是他每天的日课。那时南通以外，很少有人见到祖父的作品，几乎没人了解他的艺术。1999年祖父90岁，我意识到他的不易，带着一本祖父作品的影集，踏上呈现祖父艺术的征程。

20多年来，我经历了世间百态，那些可想而知，又无需言说的遭遇，化为我成长的营养。一路走来无数萍水相逢的师友，见到祖父作品后，给予了无私的帮助，正是这些师友及家

图书在版编目（CIP）数据

光朗堂诗草/尤无曲著. --北京：荣宝斋出版社，
2024.11

（中国书画家诗词丛书）

ISBN 978-7-5003-2527-7

Ⅰ.①光… Ⅱ.①尤… Ⅲ.①诗词-作品集-中
国-当代 Ⅳ.①I227

中国国家版本馆CIP数据核字(2024)第094809号

责任编辑：李晓坤
特约编辑：赵新月
装帧设计：蔡立国
校　　对：王桂荷
责任印制：王丽清　毕景滨　陈锡攀

GUANGLANG TANG SHICAO

光 朗 堂 诗 草

编　　　者：尤　灿　尤恬婧
编辑出版发行：荣宝斋出版社
地　　　址：北京市西城区琉璃厂西街19号
邮 政 编 码：100052
制　　　版：北京兴裕时尚印刷有限公司
印　　　刷：鑫艺佳利（天津）印刷有限公司

开本：889毫米×1260毫米　1/32
印张：5.625
版次：2024年11月第1版
印次：2024年11月第1次印刷
印数：1-2000
定价：68.00元

人的支持，祖父的艺术开始传播出来。

在祖父有生之年，我推介他的艺术，是不愿他被时代埋没，是孙子对爷爷的孝道。2006年，祖父去世后，我对祖父艺术的展示，是我在时代的大潮中对真善美的守护和弘扬。我遇到的最大困境，是中国传统艺术，在渐渐失去认知和鉴赏的语境。这本诗集也是我献给青年人的礼物，是给未来留下这个时代的纯净和美好。这正是我20余年，展示弘扬祖父艺术的意义所在。

祖父古稀变法后曾云："笔墨从来是国魂，丹青变法意犹存。何须咤叱阿谀骨，留待后人作正论。"这首诗明示了祖父"包前孕后，古今独立"的艺术道路。祖父的绘画既有传统中国画的"原味"，又有"笔墨水融"的时代新貌。他以近百年的人生经历和艺术实践，证明了从传统走向现代、走向未来的艺术道路所具有的强大生命力，能推动中国绘画继续发展，这是祖父的艺术史贡献。

我要感谢为这本集子的编辑和出版付出辛勤努力的人，感谢荣宝斋出版社站在百年中华文脉的高度上，以历史的文化视野和文化担当，在20多年里矢志不渝地整理出版祖父尤无曲的艺术成果，让这个时代优秀的艺术得以呈现。

我也希望本书能够激发更多人对艺术的热爱和追求，让艺术之美永远绽放。

于2024年7月